E TEBOKA 1
BILLY

Te korotaamnei ao te korokaraki iroun
Charity Russell

Library For All Ltd.

E boutokaaki karaoan te boki aio i aan ana reitaki ae tamaaroa te Tautaeka ni Kiribati ma te Tautaeka n Aotiteeria rinanon te Bootaki n Reirei. E boboto te reitaki aio i aon katamaaroaan te reirei ibukiia ataein Kiribati ni kabane.

E boreetiaki te boki aio iroun te Library for All rinanon ana mwane ni buoka te Tautaeka n Aotiteeria.

Te Library for All bon te rabwata ae aki karekemwane mai Aotiteeria ao e boboto ana mwakuri i aon kataabangakan te ataibwai bwa e na kona n reke irouia aomata ni kabane. Noora libraryforall.org

E teboka te ataei Billy

E moan boreetiaki 2022
E moan boreetiaki te katootoo aio n 2022

E boreetiaki iroun Library For All Ltd
Meeri: info@libraryforall.org
URL: libraryforall.org

Te korotaamnei iroun Charity Russell

Atuun te boki E teboka te ataei Billy
Aran te tia korokaraki Russell, Charity
ISBN: 978-1-922844-52-1
SKU02255

E TEBOKA TE ATAEI BILLY

E nang buoka tinana Billy n teboka tarina ae uareereke.

Te moanibwai,
e kanoaa te taabu n te
ran tinana. E katoobua
te ran Billy.

A buuta onean te ataei
Billy ma tinana.

E kateboa te ataei
tinana i nanon te
taabu. E ngare te ataei!

10

E kaitiaka iran tarina
Billy n te tiaemboo.

I mwiina ao e tebokia ni kanakoa toobuna tinana.

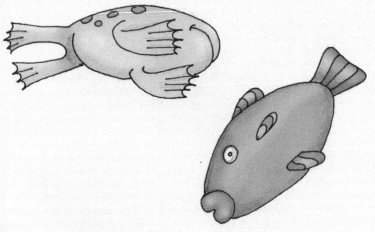

A kabetii bwaai n takaakaro i nanon te taabu Billy ma tinana.

A takaakaro ni karokoa e a boo ana tai te ataei n aekaki ao ni kamwauaki.

17

I mwiina ao ai ana tai Billy n tebotebo. E aki kan tebotebo!

Ma ngke e noori taiani bwai n takaakaro ma te buroburo ao e aki kan tautauaki ni kan rin n te taabu!

Ko kona ni kaboonganai titiraki aikai ni maroorooakina te boki aio ma am utuu, raoraom ao taan reirei.

Teraa ae ko reiakinna man te boki aio?

Kabwarabwaraa te boki aio.
E kaakamanga? E kakamaaku?
E kaunga? E kakaongoraa?

Teraa am namakin i mwiin warekan te boki aio?

Teraa maamaten nanom man te boki aei?

Karina ara burokuraem ni wareware
getlibraryforall.org

Rongorongon te tia korokaraki

E bungiaki Charity Russell i Zambia ao ngkai e a maeka i Engiran ma buuna, natina aika uoman ao ana kamea ae Frank. E maamate nanona ni korean aia karaki ataei ao e moana ana waaki aanne boni mangke e uareereke. E reke ana Masters Degree n te korotaamnei man te University of Sunderland ao i mwaain aanne ao e reke ana BA man te Falmouth University College.

Ko kukurei n te boki aei?

Iai ara karaki aika a tia ni baarongaaki aika a kona n rineaki.

Ti mwakuri n ikarekebai ma taan korokaraki, taan kareirei, taan rabakau n te katei, te tautaeka ao ai rabwata aika aki irekereke ma te tautaeka n uarokoa kakukurein te wareware nakoia ataei n taabo ni kabane.

Ko ataia?

E rikirake ara ibuobuoki n te aonnaaba n itera aikai man irakin ana kouru te United Nations ibukin te Sustainable Development.

libraryforall.org

Ingram Content Group UK Ltd.
Milton Keynes UK
UKHW020827220323
418967UK00011B/189